FRANCE ET NAPOLÉON

PAR

JACQUES DE SUSINI.

PARIS
AMYOT, RUE DE LA PAIX, 6,
ET
RIGAUD, LIBRAIRES,
RUE VIVIENNE, 5.

1849

FRANCE ET NAPOLÉON

PAR

JACQUES DE SUSINI.

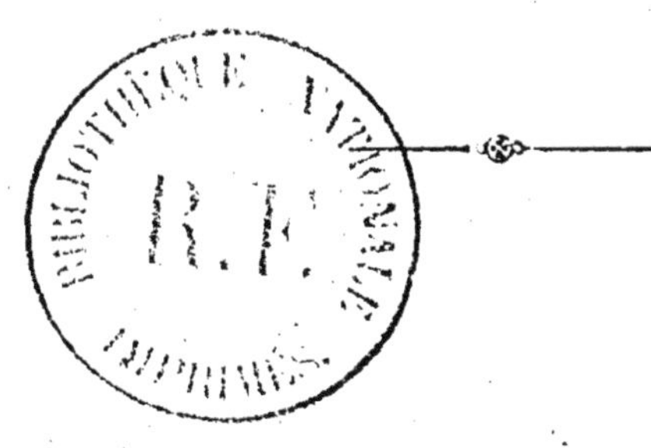

PARIS
AMYOT, RUE DE LA PAIX, 6,
ET
RIGAUD, LIBRAIRES,
GALERIE VIVIENNE, 5.

1849

L'auteur de ce livre est de ceux chez qui le sentiment patriotique a été et sera toujours la passion dominante. A ses yeux, l'expression la plus haute de la France moderne est cette gloire nationale qui, après avoir reçu la consécration du temps, est devenue l'admiration du monde. On reconnaît aujourd'hui, avec juste raison, que l'Empereur Napoléon fut le génie français par excellence. Aussi cet homme prodigieux a-t-il donné son nom à son siècle. On dira le siècle de Napoléon, comme on dit les siècles d'Alexandre et d'Auguste. Après la chute des partis rivaux, après l'écroulement des coalitions violentes, la figure du grand homme est restée pure et majestueuse dans un lointain lumineux.

Cette grande *puissance* de l'*idée* et de l'*action*, qui s'est révélée sous les traits du héros des temps modernes, ne pouvait être condamnée à une renommée stérile. Tôt ou tard elle devait devenir féconde pour le pays qu'elle avait sauvé, et sur lequel elle avait régné avec tant de gloire. Comme un génie protecteur et réparateur, cette puissance de l'idée et de l'action veillait sur les destinées de la France.

Aussi n'a-t-elle pas failli à sa mission providentielle, et nous avons vu avec quel enthousiasme la nation a acclamé, par le suffrage universel, un nom dont elle avait toujours gardé la religion du souvenir.

L'auteur de ce livre avait-il prévu les événements qui viennent de s'accomplir? Non, sans doute; mais, puisant ses convictions dans un patriotisme fervent, il peut affirmer qu'il eut de tout temps l'intuition, et comme le pressentiment d'un retour, plus ou moins éloigné, vers la pensée qui, au 10 décembre dernier, reçut une glorification nouvelle.

Aujourd'hui les faits ont justifié ses prévisions, voilà pourquoi il a cru se devoir à lui-même de réunir les pages qu'il écrivit à divers intervalles sous l'inspiration d'une muse toujours chère et honorable, la Muse du Patriotisme. Voilà pourquoi aussi, il a résumé, dans le titre de *France et Napoléon*, le sentiment et la pensée d'un livre qui s'adresse à tous les bons esprits, à tous les cœurs généreux, c'est-à-dire à cette grande majorité des Français pour qui le souvenir de l'ère glorieuse est un [illegible]fique enseignement dans le présent et une s[illegible]vegarde pour l'avenir.

Nous devons ajouter à cet avant-propos une remarque essentielle. Plusieurs compositions contenues dans ce Recueil sont complètement inédites : nous citerons l'*Introduction des Batailles*, qui est le préambule d'un grand poème, et l'*Élection du 10 décembre*, cette belle glorification des principes d'ordre et de progrès qui furent toujours si chers à la France.

(*Note de l'Éditeur.*)

L'EMPEREUR ET L'EXIL.

1840

Et mon cœur se déchire, et ma tête se brise;
Et ma poitrine en feu cherche un souffle de brise,
Et mon regard s'attache à l'horizon lointain,
Pour voir si quelque signe écrit par le destin

Des rayons d'une étoile ou des flancs d'un orage
Doit surgir... D'un empire on a vu le naufrage;
Mais tout n'est pas resté broyé contre l'écueil;
Tout ne s'est pas réduit en poussière au cercueil.

Ta gloire, ô mon héros! sur ton roc solitaire,
N'est-elle pas un phare allumé pour la terre?
Est-il un diadème, aux rubis éclatants,
Qui scintille comme elle et soit vainqueur du temps?
Et depuis cependant que la France te pleure,
Comme une épouse assise au seuil de sa demeure;
Depuis que l'Océan, dans son immensité,
Caresse, au bruit des flots, ton immortalité,
Et que, plus radieux, le soleil des tropiques
S'épanche, avec amour, sur tes palmes épiques,
Rien encor... Pas de signe au firmament d'azur;
Pas d'éclair précurseur... L'avenir est obscur:
Rien encor, rien encor... Ta famille exilée
Pour trône impérial n'a que ton mausolée.
Le peuple, contristé, se dit en soupirant:
— « Comme lui j'étais fort; lui m'avait fait si grand,
« Que tous les rois ligués, à l'aspect de ma lance,
« Pâles, de leurs défis maudissaient l'insolence;

« Et, me voyant passer les armes à la main,
« Comptaient avec effroi les bornes du chemin;
« Telle était de nos cœurs la sublime harmonie
« Qu'il voulut avec moi partager son génie. »
Oui, le peuple a compris l'homme envoyé du ciel;
Compagnon d'infortune, il s'abreuva de fiel;
Au nouveau Golgotha, dans un nouveau supplice,
Avec son empereur il vida le calice.
Dans ce Christ belliqueux, peuple transfiguré,
Lentement de sa mort il est mort torturé.
Larmes de Jérémie, inondez ma paupière:
Serpents de trahison, cachez-vous sous la pierre.
Et vous, de nos douleurs égoïstes témoins,
Contempteurs ennemis, oh! laissez-nous au moins
Soupirer nos regrets et contempler son astre...
C'est à des cœurs de flamme, à sentir un désastre
Où la patrie a vu son fils trahi deux fois,
Vendu, livré comme elle, et proscrit par les rois...

Lui, dont vous poursuivez sans cesse la mémoire,
Ne vous a-t-il pas fait, au banquet de sa gloire,
Une part à chacun du fruit de ses travaux?...
Vous étiez assaillis par des peuples rivaux...

Il a paru... Sa main puissante et souveraine
Montra la France au monde, et la France fut reine.
Consul victorieux, avec la même voix
Qui tonnait à la guerre, il proclame des lois;
Arbitre magnanime, il convie à ses fêtes
Les débris échappés aux civiques tempêtes :
Ceux de quatre-vingt-treize et ceux de thermidor...
Sur la hache sanglante il jette un voile d'or,
Et, d'un nouveau soleil distributeur immense,
Il conduit la patrie aux pieds de la clémence ;
Puis, empereur..., il veut l'empire universel...
Des élus du destin c'est le rêve éternel ;
C'est le rêve enivrant des géants de l'épée,
Le rêve de César en lutte avec Pompée,
Le rêve d'Alexandre, et de ceux qui viendront
Portant le feu du ciel pour diadème au front.
Le jour où les héros doutent de leur génie,
La nuit est commencée, et leur tâche est finie :
La triste humanité qui s'attarde en chemin,
Trop faible attend que Dieu lui donne encor la main.
Les siècles orphelins passent comme des ombres,
Ne laissant après eux que tombeaux et décombres.
Si l'univers s'endort épuisé de langueur,
C'est que l'ambition de l'homme est sans vigueur ;

Et Dieu s'irrite enfin de voir ses mandataires,
Intimes confidents entourés de mystères,
Trop souvent méconnus, trop souvent reniés,
Par de lâches ingrats mourir calomniés,
En proie à des vautours qui, possesseurs du monde,
Traitent le genre humain comme un bétail immonde.

Oui, c'est alors que Dieu, bienfaiteur oublié,
De son ardent amour se trouve délié ;
C'est alors, c'est alors que son âme infinie
De la création dédaigne l'harmonie,
Absorbe d'un soupir l'âme de ses héros,
Éteint leur météore, et maudit les bourreaux.

Navire d'Albion, quand, déployant tes voiles
Aux regards indignés de l'essaim des étoiles,
Cercueil expédié vers l'asile des morts,
Tu sillonnais les mers sans pitié, sans remords,
Un fantôme géant t'a suivi dans ta course :
Le visage éclairé des feux de la grande Ourse,
Il étendit sa droite, et prononça des mots
Que ma voix aujourd'hui livre à tous les échos.

« Esprits des ouragans, sortez de vos retraites;
Venez à mon secours, soyez mes interprètes;
Arrêtez un instant le navire assassin;
J'ai des larmes de sang et de fiel dans mon sein;
Je veux en abreuver de fiers aristocrates,
Enfants d'aventuriers entés sur des pirates;
Ils ont en fossoyeurs changé des matelots.
Muse de Camoëns, suspendez mes sanglots.

Navire d'Albion, rien ne pourra t'absoudre;
Tu deviens le tombeau de l'hospitalité:
Il faut que de ma voix je te lance la foudre,
Et condamne ton crime à l'immortalité.
Il faut que ton nom seul, opprobre héréditaire,
Fasse à jamais rougir le dernier des Bretons,
Qu'il soit la plaie ardente au cœur de l'Angleterre,
O monarque des vils pontons!

Il faut que ton grand mât serve de point de mire
Aux corbeaux accourus des charniers empestés;
Que Londres, subissant le destin de Palmyre,
Tombe de la hauteur de ses iniquités.

Il faut que ce vaisseau, sur l'Océan des âges,
Vogue chargé de honte et d'imprécations,
Et que son drapeau noir flotte criblé d'outrages,
Au pilori des nations.

Insectes bourdonnants éclos aux gémonies,
Attachez-vous aux flancs du lâche exécuteur:
Souflez à Castelreagh, soufflez des insomnies,
Que de son châtiment lui-même il soit l'auteur.
Il se consumera, sous un ciel homicide,
L'hôte que l'Angleterre a si loin déporté;
Mais, certe, il n'aura point recours au suicide:
Lord Castelreagh l'a mérité (1).

Oui, je vous reconnais, ô marchands britanniques!
Mélange de Saxons, de Galls et de Danois;
On dirait qu'un forban des rivages puniques
Jadis vous a transmis du sang carthaginois.
Sans cesse de ces mers vous infestez les grèves,
En tout lieu, pour autels, vous laissez des comptoirs;

(1) Ce lord s'est coupé la gorge quelque temps après la mort de Napoléon.

Et si la liberté s'éveille ou fait des rêves,
Vous y laissez des abattoirs.

Si le maître d'en haut jette un regard de flamme
Sur l'univers, qui veut marcher, se rajeunir,
De vos complots, soudain, vous ourdissez la trame,
Soudain vous détruisez tout germe d'avenir.
Quelquefois cependant l'opprimé vous devine.
Il dépouille Verrès du manteau de Caton;
Il demande un vengeur, et la flamme divine
Rayonne aux yeux de Washington.

Et des hommes alors, fils de vos prolétaires,
Qui de votre île sombre avaient quitté les bords,
Issus, par des hymens, de femmes tributaires,
Pour conquérir leurs droits, unissent leurs efforts.
La sueur de leur front gorgeait le monopole ;
Leurs bras étaient chargés de fers injurieux :
Le premier des élans contre la métropole,
C'est un élan victorieux.

Vous trouverez encor plus d'un farouche esclave ;
L'esprit des nations, dans sa course arrêté,
Est semblable au volcan qui travaille à sa lave,
Et qui, pour mieux tonner, s'est longtemps apprêté.
Dans vos nuits de délire et de coupables fêtes,
Un doigt mystérieux écrira vos destins ;
L'ombre de Balthazar doit planer sur vos têtes,
Et présider à vos festins...

Sur le rocher de Sainte-Hélène
Vous pouvez de la France enchaîner le martyr,
De sa douleur tenir la coupe toujours pleine,
Le tuer jour par jour, mais pas l'anéantir ;
Il est partout impérissable :
L'univers tout à coup deviendrait-il chaos?
De lumière et d'amour puissance intarissable,
Dieu prendrait l'âme du héros ;
Puis, écartant la nuit profonde,
Avec cette âme dans ses mains,
Il produirait un nouveau monde,
Des hommes forts et plus qu'humains. »

Cet hymne des Anglais sera l'arrêt sévère :
Le gouffre encore en retentit;
Sainte-Hélène a paru comme un autre Calvaire,
Et le fantôme s'engloutit...

Le souffle inspirateur, c'est un souffle d'orage :
Malheur à qui n'est pas armé de son courage ;
Malheur à qui vieillit dans un lâche repos,
Malheur à qui du Ciel étouffe en soi la flamme,
A qui sent défaillir son âme,
A qui déserte ses drapeaux !...

Dans les nuits d'insomnie, où l'esprit du poète,
Ainsi que l'aigle altière, au bruit de la tempête,
Se déploie et prend son essor,
J'ai vu mon empereur, de sa tombe grossière,
Avant l'aube du jour, secouer la poussière,
Qui se changeait en rayons d'or.

Ses yeux étincelants embrassaient les deux pôles;
La pourpre de César, flottant sur ses épaules,
Brillait des feux du firmament;
L'Océan regardait ce spectacle sublime,
Laissant tomber sans peur les rênes de l'abîme,
Ce coursier toujours écumant....

C'était Napoléon, tel qu'il était naguère,
Livrant le sort du monde aux hasards de la guerre,
A deux pas de notre Ilion;
Le globe impérial était dans sa main droite,
Aux lieux où de l'exil on voit la cage étroite,
Avec la chaîne du lion.

L'horloge du vieux temps avait sonné trois heures,
Le Ciel illuminait ses immenses demeures:
L'Apothéose commençait;
Les étoiles, en chœur, disaient par intervalle:
« Empereur bien-aimé, ta gloire est sans rivale. »
Et Dieu lui-même applaudissait.

L'horizon figurait les champs où la Victoire
A laissé des moissons d'épopée et d'histoire
Pour tous les siècles à venir.
Avec ses maréchaux passait la grande armée,
Lionne de la France, et dont la renommée
Palpite à chaque souvenir.

On entendait le bruit des clairons et des armes,
Des trompettes d'Arcole et des tambours... Des larmes
Coulaient des yeux des vétérans.
Les chefs des nations, les héros de Plutarque,
Rois et Consuls, pour voir les traits du grand Monarque,
Des bataillons perçaient les rangs.
Un jeune homme à paru... Napoléon chancelle,
De ses regards à peine il trouve une étincelle,
Et dans sa tombe il veut rentrer.
Un jeune homme!!! C'était l'héritier de l'empire,
Frêle comme un roseau qui se ploie et soupire.
L'empereur s'est pris à pleurer.
« Viens, ô mon père, viens; les hommes de ta race,
« De tes pas glorieux n'oubliant pas la trace,
« Vainqueurs des ouragans, sont déjà près du port. »
Et le père, à ces mots, sourit à ses phalanges,

Et le jeune homme pâle, appuyé sur les anges,
Les embrassait avec transport;
Puis enlevés tous deux, en des flots de lumière,
A ce cortége radieux,
Au vieux soldat dans sa chaumière,
Ils allaient faire des adieux,
Quand tout à coup ma poésie
Brûlante encor de passion,
S'arrêta muette et saisie
Dans un excès d'émotion.

Janvier 1840.

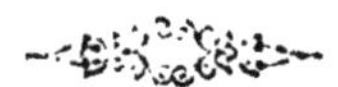

L'EMPEREUR ET L'EXIL.

DEUXIÈME PARTIE.

1840.

Celui qui, déployant ses ailes,
D'une autre poésie a découvert les cieux,
Et qui des cimes éternelles
Descend, la palme au front et l'éclair dans les yeux,
Hugo, des rives de la Seine
Au zénith de la gloire, a suivi ton essor ;
Il t'a suivi, sans perdre haleine,
De l'Italie au mont Thabor,
Et sur le roc de Sainte-Hélène
A fait asseoir Adamastor :
Là, poëte inspiré, là, géant des tempêtes,
Pleuraient, et l'Océan troublé disait aux flots :

« Pleurez, pleurez aussi le géant des conquêtes. »
Et la mer poussait des sanglots,
Et les ondes échevelées,
Comme pour réveiller la grande ombre au cercueil,
Semblaient des veuves désolées
Se meurtrissant contre l'écueil....

Écoutez les clairons et les chants de victoire;
Voyez, comme un torrent, passer toute une histoire;
Voyez cet homme pâle, imposant et serein :
Il marche en tête de colonne,
Comme au jour où sa voix épouvantait le Rhin;
Des rois il n'a plus la couronne,
Son front d'un autre éclat désormais s'environne....
Non, jamais signe souverain,
Sceptre, couronne, ou diadème,
De cet éclat jamais ne brilleront,
Et la postérité, juge froid et suprême,
S'inclinera devant ce front.

Ah! c'est que le génie éclos pour les batailles
Ne s'éteint pas dans un revers;
C'est qu'il dépose des semailles
Dans tous les champs de l'univers.
La cendre des héros n'est pas de la poussière
Que le vent disperse au hasard;
Et quand Dieu la remue, un rayon de lumière
Jaillit et précède un César.
De ces enfantements la Providence avare
Laisse passer des flots de générations;
Puis fait choix d'un élu, le porte comme un phare
Sur la tête des nations....

Partout des chants; partout des hymnes : l'Italie,
Sous le poids de ses fers vivante ensevelie,
Radieuse dans son tombeau,
Et qui, s'abandonnant à sa mélancolie,
De sa pourpre n'a qu'un lambeau,
L'Italie, en frappant du pied le sol antique,
L'œil tourné vers le ciel qu'un doigt lui signala,
S'écria d'une voix sonore et prophétique :
— « Le grand élu viendra de là.... »

De monarques on vit des ombres éperdues
Du ciel mesurer la hauteur;
Car la reine enchaînée avait ses mains tendues,
Comme pour recevoir un nouveau Rédempteur.

« L'enfant promis par mes oracles
« M'appartient, disait-elle, avec un saint orgueil :
« Sur ma terre féconde il fera ses miracles,
« Jamais sa gloire ici ne trouvera d'écueil.
« Je veillerai sur ta fortune,
» Héritier du monde, ô mon fils;
« J'écarterai l'envie et son ombre importune.
« Je connais l'Orient; nous irons à Memphis :
« J'aurai soin de ta renommée;
« Le nom d'aucun mortel n'égalera ton nom.
« Laisse-moi te conduire; au désert de Memnon,
» Ma coupe étanchera la soif de ton armée.

« Dans un pieux recueillement,
« Et de Cyrus et d'Alexandre

« Nous irons implorer la cendre,
« Au socle de leur monument.
« A mes drapeaux j'entrelaçai des palmes,
« J'en veux entrelacer aux tiens,
« Et par des nuits tièdes et calmes,
« Convier au conseil tous mes grands citoyens;
« Ils diront le secret des prodiges de Rome,
« Jusqu'au jour où, tombant au pouvoir d'un seul homme,
« Frémissante, elle vit Caton
« Se frapper du poignard sauveur, et toujours libre,
« Arrachant son élève aux orages du Tibre,
« Passer le poignard à Straton.
« Je sens mes prunelles humides,
« Viens, je suis ton aïeule, et sur les Pyramides
« Évoquant des héros les fantômes ailés,
« J'emmènerai l'essaim des siècles envolés.

« Se mêlant au chœur des étoiles,
« Pour te voir, ô mon fils, les houris à genoux,
« Les houris, fleurs du ciel, écarteront leurs voiles ;
« Mahomet en sera jaloux. »

Ainsi notre aïeule italique
Pleurait, souriait tour à tour :
Sa voix tendre et mélancolique,
Qui modulait ce chant d'amour,
Semblait un soupir angélique
Expirant au déclin du jour.

Et moi, fils de la Corse, où l'aigle, à ta naissance,
De rayons immortels inonda ton berceau,
Je resterais muet et frappé d'impuissance!...
Non, non, dût la tempête assaillir mon vaisseau
Sur l'océan de poésie,
Le pousser à l'écueil, l'y briser, l'engloutir,
Par un démon fatal saisie,
Et déployée aux vents, ma voile doit partir.
Il est des voluptés même au sein des orages;
Il est des voluptés même au bord du tombeau ;
Pour qui redoute les naufrages,
La Muse n'a jamais allumé son flambeau.
Celui-là doit rester au foyer domestique;
Il n'a jamais compris l'homme en proie au vautour,
Symbole du génie antique;

Obscur, il passera par le banal portique
Où les troupeaux humains défilent tour à tour ;
Sous la voûte d'un ciel froid, bas, aveugle, sombre,
    La mort entraînera cette ombre,
Et comme un fossoyeur elle oubliera les os
De qui n'a pas du moins laissé quelques échos.

⁂

Étoile d'Austerlitz, montrez vos auréoles,
    Il est temps enfin de partir;
Dirigez mon pilote, enchantez mes paroles;
Que mon vers libre et fier aille au loin retentir :
Que, semblable au torrent des montagnes Alpines,
    Effroi du pâle voyageur,
A des Judas gorgés d'honneurs et de rapines,
    Il fasse entendre un cri vengeur.
    Paris n'a plus d'enthousiasme ;
Du minotaure il prend et la forme et la voix ;
La sentine y déborde, et nous jette un miasme
    De la Bourse au Palais des rois.
Le publicain des lois force le sanctuaire,
Couche la liberté dans un drap mortuaire,

Et, du moindre fétiche adorateur vénal,
Trouve mille flatteurs, et pas un Juvénal.

Ceux qui, chargés de broderies,
A tes pieds adorés déposaient leur encens,
Et qui sortaient des Tuileries,
Émus et fascinés par tes regards puissants,
Débris de cour, tribuns serviles,
Ceux qui s'en vont briguer des votes corrompus,
Par les hameaux et par les villes ;
Ceux qui d'or et d'honneurs ne sont jamais repus ;
Oui, ceux-là, ces beaux Démosthènes,
Qui vendent la parole avec leur dévoûment,
Redressant leurs têtes hautaines,
Disent que ton exil était le châtiment
Que t'infligeait la Providence,
Et qu'afin de servir aux tyrans de leçon,
Martyr de notre indépendance,
Ton ombre ne doit pas toucher notre horizon.

Qu'importe qu'elle soit captive!
N'as-tu pas entendu la voix des nations,
La voix de l'Océan qui te chante et plaintive
Te berce au cri des alcyons?
N'as-tu pas entendu frémir les grandes âmes
De tes soldats audacieux,
Ames qui du trépas sortaient comme des flammes,
Pour couronner ton astre aux cieux?....
Le soleil du tropique a calciné la tombe
Où les geôliers anglais gardent tes ossements.
Le naufrage d'un monde aura-t-il sa colombe,
Et n'aurais-tu laissé que de hauts monuments?
(Un grand espoir finit, parfois il recommence);
Des épis oubliés germent dans leurs sillons....
La foudre, qui tomba sur notre chêne immense,
Épargna le nid des aiglons.

1840.

5 MAI

Anniversaire de la Mort de l'Empereur.

1840.

Non, la France n'a point oublié le rivage
Où la gloire a passé de l'exil au veuvage ;
Désormais au printemps, elle a, pour sa douleur,
Un jour où son front calme est touchant de pâleur,
Un jour où les cyprès, unis aux violettes,
A ce front chaste et pur servent de bandelettes.

C'est alors que, visible à ceux de ses enfants
Qui n'ont rien oublié de ses pas triomphants,

Les cheveux agités par les brises marines,
Avec tous les soupirs des ardentes poitrines,
Avec tous les parfums de la jeune saison,
Elle prend son essor et franchit l'horizon.

Dieu, qui, du firmament, la guide et la protége,
D'esprits mystérieux lui compose un cortége,
De l'écrin du soleil lui donne un diamant,
De puissance et d'amour unique talisman.
Elle arrive à Longwood. — Muette, désolée,
Elle s'arrête au pied d'un humble mausolée.
La garde d'Albion, maîtresse de ces lieux,
A senti comme un voile enchanté sur ses yeux,
Car l'héroïne, en deuil, ne veut point que ses larmes,
Puissent couler aux yeux d'un soldat sous les armes;
Son cœur va se briser; mais l'ombre qui l'attend,
Inquiète, au cercueil, se lève au même instant :

— « Pour me pleurer tu viens à l'heure accoutumée,
« Comme au son du tambour jadis la Grande Armée :
« Exacte au rendez-vous, te voici dans mes bras :
« Oublions nos malheurs, oublions les ingrats;

« Souris à mes transports; laisse, ô fille des Gaules,
« Ondoyer tes cheveux sur tes blanches épaules:
« Demain, je dormirai tranquille au bruit des flots. »

— L'ombre parlait encor... Cependant les sanglots,
Les soupirs étouffaient sa voix magique et tendre.

— L'héroïne, à son tour, cherche à se faire entendre:

— « Oui, fidèle à ta cendre, ô mon céleste époux,
« Tu me verras toujours exacte au rendez-vous!
« Ta gloire est mon trésor, ton nom mon auréole,
« Ton immortalité mon culte et mon symbole.
« Apôtre belliqueux du vieux monde ébranlé,
« Tu fus à mon secours par Dieu même appelé;
« L'orage avait frappé temple, palais, chaumière:
« Tu dissipas la nuit, tu créas la lumière;
« Les rois ne voyaient pas, à ton front tout-puissant,
« Le signe rédempteur; ils voulaient de mon sang
« Laver les échafauds de la place publique,
« Clouer au pilori Tribuns et République:
« Tu plaças ton épée au sommet du pouvoir:
« Tu devins conquérant, par raison, par devoir;

« Tu voulais l'unité, la force, l'harmonie,
« L'empire universel... J'ai compris ton génie,
« Je fus à toi... Vingt ans, les armes à la main,
« Nous avons racheté l'honneur du genre humain.
« Non, non, tu n'étais point le torrent qui ravage,
« Le torrent qui dépose un limon d'esclavage;
« Le cœur des nations, trop longtemps comprimé,
« Par ton souffle divin se dilate enflammé;
« Un sang plus généreux coule dans son artère,
« Car pour cela tu fus envoyé sur la terre.
« Mes enfants qui t'avaient porté sur le pavois,
« Mes enfants s'enivraient d'un accent de ta voix.
« Tu leur disais : Je suis le peuple fait monarque,
« Le tuteur couronné, non le maître qui parque
« Des esclaves soumis ainsi que des troupeaux.
« Marchez, serrez vos rangs; l'ombre de nos drapeaux
« Abritera le monde, et du monde, en attente
« D'un sort plus fortuné, nous dresserons la tente.

« Là, pontife guerrier de la rédemption,
« Je donnerai la paix à chaque nation;
« Après avoir éteint les foudres de mes aigles,
« D'un pacte glorieux je tracerai les règles;

« Si je puis achever l'œuvre de mon destin,
« Les peuples n'auront pas les restes du festin :
« Je les y convierai de tous les points du globe ;
« Chacun aura sa part des biens qu'on lui dérobe :
« Fiers de m'appartenir, ils viendront, tour à tour,
« Recueillir les bienfaits de mon immense amour ;
« Je veux que, sans réserve, ils boivent à la coupe
« De mes prospérités ; je veux qu'on leur découpe
« Le pain de ma fortune, et que l'humanité
« Ne soit point un souci pour la divinité. »

— L'écho du Ciel ému répétait ces paroles :

« Les temps avaient changé pour les vieilles idoles ;
« On cessait d'adorer les terrestres faux dieux,
« Êtres de chair et d'os, qu'un hasard odieux,
« Sur le velours doré des trônes de la terre,
« A fait naitre petits d'âme et de caractère.
« L'éclat de ton grand nom les avait irrités ;
« Eux provoquaient la guerre au sein des voluptés ;
« Ils avaient mesuré le héros à leur taille :
« Les insensés perdaient bataille sur bataille.

« J'ai suivi ton coursier dans les flots du Jourdain,
« Déchiré le turban des fils de Saladin,
« Au sceptre de l'Autriche arraché l'Italie :
« Victime des plus forts, mais jamais avilie,
« Elle a souri d'espoir, et ses traits toujours beaux,
« Tout voilés qu'ils étaient par l'ombre des tombeaux,
« Ses traits se ranimaient, car, pour sa délivrance,
« L'oracle sibyllin avait nommé la France.

» De la force et du droit tu célébrais l'hymen :
« Il fallait, il fallait passer le Niémen ;
« J'étais l'esprit nouveau poussé par la tempête,
« L'esprit qui civilise à travers la conquête,
« Le verbe transformé, qui, par tous les climats,
« Vole d'un ciel de feu sous un ciel de frimas.

« Si la postérité t'appelle à ses assises,
« Nous avons formulé des réponses précises ;
« Tes soldats immortels, que la guerre a broyés,
« N'auront pas le destin des Titans foudroyés.

« Émule généreux du vainqueur de Pharsale,
« Tu pardonnais aux rois de l'Europe vassale :

« Quand la peur les avait rendus souples et doux,
« Les superbes venaient tremblants à tes genoux ;
« Tu les traitais en rois, ils se disaient tes frères,
« Avouaient qu'ils s'étaient conduits en téméraires,
« Imploraient ta clémence, et tous ces potentats,
« Vaincus heureux, vaincus, retrouvaient leurs Etats...
« Ils n'allaient pas mourir torturés dans une île,
« Ceux-là qu'eût écrasés le char d'un Paul-Émile;
« Ceux-là qui, dépouillés de la pourpre un moment,
« De les en recouvrir te priaient humblement :
« Respirant un air pur, à l'abri des outrages,
« Au foyer domestique et sous de frais ombrages,
« Ils pouvaient embrasser leur fils, et dans ses jeux
« Oublier la fortune et les jours orageux.

« Le soleil de Longwood a brûlé ma paupière;
« De ce tombeau désert il faut briser la pierre.
« Hâtez-vous, rois du monde! écoutez! il est temps
« De rendre à mon époux des honneurs éclatants: —
» L'Europe applaudira d'une voix unanime. —
« Le cœur de mon époux fut toujours magnanime;
« Il pourra demander au ciel votre pardon;
« Mais d'un saule pleureur je me fais un brandon,

« S'il vous plait de sourire ou de hocher la tête ;
« A vous épouvanter ma foudre est encor prête.
« Suis-je la Niobé d'Occident ? — Croyez-vous
« Que mes lèvres en vain pâlissent de courroux,
« Ou que, bonne à verser des pleurs dans Sainte-Hélène,
« D'un autre Golgotha je sois la Madeleine ? —
« Non, cénacle de rois ; moi, j'ai des escadrons,
« Des arsenaux... je puis emboucher mes clairons. »

— De ces nobles accents la grande ombre frappée
Se dresse, lumineuse, et brandit son épée. —

— « Ombre auguste ! restez un moment sous nos yeux
« Qui peut vous contempler a le secret des cieux ;
« Dites-nous l'avenir ! » —
Essuyant une larme,
Le divin empereur donne à sa voix un charme
Que jamais on ne trouve au séjour d'ici-bas :
Et pourtant c'est la voix sonore des combats.

— Ma lyre aux fiers accords n'est pas épouvantée :
Sans vouloir disputer la palme de Tyrtée,
Sans prétendre aux honneurs des magiques talents,
Elle ose accompagner ces mots encor brûlants :

« Reine de l'Occident, France du grand empire,
« Cesse de t'affliger : ... mon âme en toi respire ;
« Vétérans d'Austerlitz, déchirez vos haillons ;
« L'épi de mes travaux croîtra dans vos sillons...
« Où sont les vêtements de ma France adorée,
« Depuis qu'elle a quitté la cuirasse dorée ?
« Où sont mes éperons, mon coursier hennissant
« Qui des Alpes, deux fois, descendit bondissant,
« Et, courant inondé de sueur et d'écume,
« Réveillait en sursaut la prêtresse de Cume,
« Celle-là qui prédit à l'aigle des Romains
« Que l'empire éternel passerait dans nos mains ?
« Pour railler l'avenir, pour le bercer de songes,
« La prêtresse n'a point inventé de mensonges ;
« De mon nom, de mon sang, n'est-il pas un rival
« Qui vous parle ma langue, et vous crie : A cheval !
« N'est-il pas, n'est-il pas d'héritier qui s'élève
« Au milieu de la foule et ramasse mon glaive ?

« Il en est... Dans les nuits du tropique embrasé,
« Mon astre se dévoile, et mon aigle a rasé
« D'un vol impétueux la tombe où je repose.
« A ton génie ardent malheur à qui s'oppose !

« Malheur à qui voudrait te barrer le chemin !
« Malheur à qui remet son œuvre au lendemain !
« France du grand empire, adieu ! — Nos fiançailles
« Nous avaient rendus forts ; — Pense à mes funérailles
« Le jour où la colonne aura reçu mes os,
« Tu verras s'entr'ouvrir la terre des héros ;
« Tu verras ton esprit, dans sa marche hardie,
« Éclairer l'univers sans faire un incendie.
« Adieu ! dans le manteau de guerre enseveli
« Je vais me rendormir ! » —

Le soleil affaibli,
Comme un amant en deuil, a quitté la vallée,
Et l'ombre a disparu du pied du mausolée ;
Et la France, qui pleure et la demande encor
Vers la terre natale a repris son essor.

15 AOUT

ANNIVERSAIRE

DE LA

Naissance de l'Empereur Napoléon.

1840.

Corse, fille des flots, noble et féconde mère,
Touche ton front si chaste et produis un Homère.
Moi, je n'ai que du cœur; moi, je suis sans renom,
Sans voix pour suppléer à l'écho du canon,
A celui qui fêtait la naissance de l'homme.

Cousine belliqueuse et de Sparte et de Rome,
Corse au bras redouté qui n'a jamais faibli,
Sais-tu que de ce jour le soleil a pâli?

Sait-tu que la douleur est tout ce qui nous reste,
Et que plus d'un Pylade a vendu son Oreste ?
D'un empire échoué les héritiers errants
Ne sont-ils pas traités à l'égal des tyrans ?
Comme si la patrie eût subi leurs injures,
Et compté ces proscrits au nombre des parjures,
Ils doivent s'estimer heureux de se couvrir
Du linceul de leur gloire, et de pouvoir mourir,
Sans qu'un autre geôlier aille, au bord de leur couche,
Épier leurs soupirs et leur fermer la bouche.
Sais-tu que ces débris, ces naufragés vivants,
Sont toujours les jouets et des flots et des vents,
Que l'aire impériale, où le temps fait des vides,
Donne encore de la joie à des vautours avides,
Et que des Apennins le sinistre corbeau
Accompagne nos morts de l'exil au tombeau ?
L'ami, le protecteur des muses de la Seine, (1)
Au monde des esprits, vient d'embrasser Mécène ;
L'Empereur des Français les montre au grand César,
En lui disant : — « Voici la poésie et l'art ; »
A l'aspect imposant des ombres fraternelles,
Le cygne de Mantoue a déployé ses ailes,

(1) Lucien Bonaparte, frère de l'Empereur.

Et soudain retrouvé les chants mélodieux
Qui sauvent de l'oubli les héros et les dieux.

Tout est malheur pour nous : les plus belles années
S'en vont comme un essaim d'abeilles profanées
Dont le voleur brisa la ruche et prit le miel,
Et qui, pour s'abriter, s'éparpillent au ciel.
Nos exilés, à nous, n'auront pas de refuge :
Le sol français ne doit asile qu'au transfuge,
A qui nous a vendus, livrés à l'étranger,
A qui, dans les combats, nous a fait égorger.
Un Bonaparte!... il faut s'armer de lois sauvages,
Lui creuser un tombeau sur de lointains rivages;
Un Bonaparte!... il faut qu'il y soit transféré :
De gloire et de malheur il est pestiféré;
Il est à fuir, il est comme un lépreux immonde,
A mettre en interdit, à séquestrer du monde.

Un revers de médaille et des affronts nouveaux
Subis et non rendus ont troublé les cerveaux.

Sosie a fait son brave et montré son épée;
La reine d'Albion ne s'est point occupée

De vos emportements ni de Flaminius;
La Bourse croit à l'or et point aux Marius.
Dormez, tribuns, dormez, sauveurs de la patrie;
Un rayon de fortune arrive de Syrie :
Tout s'apaise, et déjà l'arc-en-ciel de la paix
Est tombé radieux sur les crânes épais...

Oh! que d'iniquités! quelle infernale histoire!
Séjan vient d'ordonner un deuil expiatoire...
Les cyprès de ton fils sont loin de son berceau;
Séjan flattait le peuple, il lançait le vaisseau
Qui nous doit ramener le banni des tropiques;
Il conviait la muse à des luttes épiques,
Du nom de l'Empereur étoilait ses discours;
Le lâche en imposait à l'audace des cours...
On sonnait des clairons l'héroïque fanfare;
On disait que la gloire, en rallumant son phare,
De nos dangers allait nous signaler l'écueil :
Tous, nous avions les yeux fixés sur un cercueil.

Il me semble te voir, au foyer de famille;
Le rosaire, en tes mains, succède à la faucille;
Après avoir coupé la moisson de tes champs,
Au lieu de moquerie, et de propos méchants,

Tu charmes tes loisirs d'amour et de prière,
Toi qui n'as jamais peur, ô mon île guerrière :
Tu fais à tes enfants de belliqueux récits ;
En cercle, à tes genoux, pieusement assis,
Des hommes indomptés compriment leur haleine,
Pour entendre expirer leur frère à Sainte-Hélène ;
Sur le royal vaisseau nul des tiens n'est admis :
Ah ! j'ai compris !... nos morts, impuissants ennemis,
On veut les déterrer, pour le jeu des édiles,
Les offrir en spectacle aux yeux des crocodiles :
Mais les vivants, mais ceux qui, depuis nos malheurs,
Ont perdu leur patrie et traînent ses douleurs,
Ils doivent habiter l'enfer océanique,
Cet amas de rochers, ce cachot volcanique,
Où, coupable de gloire et d'immortalité,
Napoléon rêvait ton hospitalité,
Et, plongé dans ce gouffre, espérait pour la France,
Quand, pour lui, cet arrêt : « ici, plus d'espérance, »
Avec du sang, du fiel distillés en poison,
Fut écrit par des mains pleines de trahison.

O ma mère ! et tu veux que moi, l'ardent poète,
Moi, dont le souvenir renferme une tempête,

Sous tes yeux adorés où j'aperçois des pleurs,
Moi je vienne cueillir des palmes et des fleurs,
Chanter et couronner ce grand jour du solstice!...
Non, non, il faut, avant, qu'une austère justice
De la *sainte-alliance* exhume les bourreaux,
Jette leur cendre aux vents et venge le héros.
Où donc est Talleyrand?... Ailleurs qu'à la voirie;
Déserteur de l'autel et traître à la patrie,
De l'embaumer d'honneurs, cet homme, on fut jaloux:
Jésus-Christ de la croix a ressenti les clous,
Car il s'est rappelé Judas Iscariote...
Talleyrand de Judas est-il compatriote?
On dit qu'en droite ligne il en est descendu...
— Non, par la Trinité, non, Judas s'est pendu.
Et pourtant Jésus-Christ pleure et se scandalise,
Hélas! C'est qu'en charnier on transforme une église,
C'est qu'un char étoilé, jusqu'à l'Assomption,
Traîna le roi mitré de la corruption.

O ma mère! pourquoi m'imposes-tu silence?
D'un vers audacieux blâmer la violence,
C'est vouloir garotter, bâillonner la raison,
C'est vouloir transiger avec la trahison,

Couleuvre qui, toujours, grosse de vains prétextes,
Siffle au-dessus des lois, au mépris de leurs textes,
Déroule ses anneaux, passe à travers deux camps,
A l'heure où le génie allume ses volcans,
Conduit nos ennemis, les soutient, les excite,
Puis accouche, en donnant la victoire à Thersite.
Oublier! c'est vouloir faire un doux oreiller
Au scélérat des cours qui cherche à sommeiller,
C'est vouloir étouffer la conscience humaine,
C'est dire à la vertu : « Stérile est ton domaine,
« Ton flambeau sans lumière, et le feu de Vesta,
« Présent du ciel, au ciel à jamais remonta. »
Je m'arrête... tu veux me répondre... ô ma mère!
Parle... —
« De tes chagrins la coupe est trop amère;
Dans la simplicité des mœurs de ton pays,
Tu parles des Français, vainqueurs deux fois trahis;
Ton cœur est ulcéré... ta muse indépendante
Donne un baiser de flamme à la muse du Dante :
Proscrit, ce divin maître, avec un bras de fer,
Étreignit les forfaits, et créa son Enfer;
Tu veux avoir le tien : tu l'auras, si tu l'oses,
Tu broiras les pervers dans leurs apothéoses

Mais ce n'est point le jour des lamentations,
Et moins encor celui des imprécations :

. . . .

. . . .

. . . .

. . . .

« O mon fils! la douleur dont ton âme est saisie
T'enlève de la terre au char de poésie;
J'entends l'essieu divin rouler et retentir
Au moment d'exhumer la cendre du martyr;
L'Océan qui l'a vu, jusqu'à sa dernière heure,
Calme de majesté, s'attendrit et le pleure,
Et les vagues d'azur semblent des nations
Qui se pressent, en proie à leurs émotions.
Des chevaux de bataille, aux crinières humides,
Ont traversé les airs d'Arcole aux Pyramides;
Ils n'avaient pas de selle, ils n'avaient pas de mors :
Par des hennissements ils réveillaient les morts ;
Ils avaient des tombeaux ranimé la poussière :
Écumants, ils portaient Montebello, Bessière,
Murat, dont l'Hippogriffe, au sable de Memnon,
Jalousait le coursier, sous l'éclair du canon,

Ney, Masséna, Junot, tant d'autres dont l'épée,
Vingt ans, a fait jaillir des fleuves d'épopée...
Tous ces rois du courage escortaient l'Empereur,
De sublimes destins fantôme avant-coureur.
« J'applaudis à ton vers, à son âpre énergie :
Lui ne s'embrâse point des fureurs de l'orgie ;
Au génie, au malheur il ouvre son écrin ;
Avec des bataillons il franchira le Rhin,
Si quelque autre César y porte sa colère,
Dans un rugissement du lion populaire.
Viens donc, viens respirer sur le roc de granit,
Où l'aigle, du berceau, s'élançait au zénith,
S'inondait de lumière et dévorait l'espace.
A cet élu, que Dieu, seul, de son front dépasse,
La France avait remis sa foudre et son flambeau...
Ce jour anniversaire est mon jour le plus beau ;
J'oublie, en y rêvant, et l'endroit du supplice
Et la sainte-alliance et la mort sa complice.
Le peuple n'a jamais été caméléon :
S'il trouve encor des chants, c'est pour Napoléon...
Comme au temps fortuné de gloire et de puissance,
De son Dieu tutélaire il fête la naissance,
Non pas avec les cris de son ardent amour,
Quand au bruit du canon il saluait ce jour,

Dans tout l'enivrement de sa joie en délire,
Mais avec des soupirs et les sons de la lyre,

Ces trésors de Pindare échus à Béranger,
Ces trésors envoyés des cieux pour nous venger...
L'Empereur! l'Empereur! lui toujours... son histoire!
C'est elle qui du peuple absorbe la mémoire.

« Regarde Ajaccio de la cime des monts:
Et vous, fils de Brennus, dilatez vos poumons,
A la brise des mers, aux parfums qu'on aspire,
Comme un souffle amoureux de vierge qui soupire.
Demain, peut-être, au bruit du civique tocsin,
Vous irez déchaîner les flots du Pont-Euxin;
Au rivage où Pompée a vaincu Mithridate
De vos exploits aussi vous écrirez la date;
Si Rome au Capitole en traça d'immortels,
Vous savez de quel marbre on bâtit les autels;
Bonaparte a montré comment on les élève;
Héritiers de l'Empire, il vous reste son glaive.
Vos ennemis ont dit : —
« Nous l'avons résolu,
« Nous saurons te courber sous un joug absolu;

« France! nous connaissons le boa qui t'enlace.
« Au soleil d'Orient tu n'auras pas de place;
« Nous voulons partager les peuples entre nous;
« L'esclave de Stamboul se couche à nos genoux.
« Depuis que nous avons immolé ton Messie,
« France! ne vois-tu pas ton étoile obscurcie?
« A nous ton sceptre, à nous ton globe impérial!
« Si quelque reine en pleurs rentre à l'Escurial,
« Nous te laissons filer, à ses pieds, ta quenouille,
« Tu peux te consoler... mais toucher la dépouille,
« Défendre la toison des grands troupeaux humains,
« France! le feu du ciel te brûlerait les mains! »
— Et voilà vos discours, insensés que vous êtes!...
Mais la chimère antique a soufflé sur vos têtes,
Mais vous avez conçu des projets monstrueux :
D'orgueil et de néant colosses fastueux,
Vous voulez subjuguer les peuples de la Gaule,
Porter vos étendards de l'un à l'autre pôle!...
La peste orientale attend son fiancé,
Le choléra, celui qui sur nous a passé;
La carte sous les yeux, vous comptez les étapes :
Vous serez tout ensemble, empereurs, rois et papes;

Vous dicterez des lois, des lieux où Constantin
Transplanta le berceau de l'empire latin;

Puis des monts de l'Oural, des Palus-Méotides
Nous verrons accourir les peuplades fétides...
Le germe empoisonneur, nourrisson du trépas,
Partout inoculé, partout suivra vos pas;
De nouveaux Attila faucheur et sagittaire,
D'une flèche invisible, il creusera la terre.

En allant tour à tour de Brutus à César,
Nous sommes, d'après vous, les jouets du hasard:
En votre ambition aveugle, insatiable,
Vous croyez que la France a bâti sur le sable;
Vous nous avez jugés, dans vos illusions,
Faciles à dompter par nos divisions,
Et la nuit et le jour vous rêvez de partage,
Et sans cesse évoquez le spectre de Carthage.
Paris aurait le sort des foyers d'Annibal!...
Nos vierges attendront en parure de bal,
Au seuil ensanglanté de notre ville immense,
Le baiser de Satan grimaçant la clémence!
Au bruit de vos houras, à l'éclat des flambeaux,
Vous les entraînerez, pâles, sur nos tombeaux,

Et là, vous danserez au son des mandolines,
Enivrés et gorgés des pleurs des orphelines!...

Hymne de la bataille, épouvante des rois,
A toi l'écho du monde, et les millions de voix!
Que la France en courroux se réveille et s'écrie:
« Canons, accompagnez l'hymne de la patrie! »

5 MAI

Anniversaire de la Mort de l'Empereur.

1841.

Le voici revenu, pour la vingtième fois,
Ce jour où j'essayais ma lamentable voix;
Ce jour où, sur les flots de la mer atlantique,
Mon vers s'illuminait d'un rayon prophétique!
Cinq mai! jour funéraire où la France a voilé
Son globe impérial d'abeilles étoilé,
Où l'aigle d'Austerlitz, abandonnant la terre,
A surpris au destin le nom du légataire
Qui doit ceindre l'épée, et, chaussant l'éperon,
Monter le blanc coursier, à la voix du clairon!

Enfants déshérités du soleil des victoires,
Nous savons que le sort a ses temps dilatoires...
Demandez à Jésus, le rédempteur divin,
Si l'âme des héros brille et s'éclipse en vain...
Alors que, suscités pour rajeunir le monde,
Ils sont morts à la peine, oui, leur gloire est féconde :
Même après la tempête, elle porte un fruit d'or ;
Aujourd'hui, c'est la croix, demain c'est le Thabor.
Les rois n'ont pas compris la céleste pensée ;
Ils ont marché sans phare, et la tête baissée,
Sans regarder si Dieu, l'impénétrable auteur
Des mondes infinis, voulait un Rédempteur
Qui fût armé du glaive, et vainqueur ou victime,
Plus grand que sa fortune et plus grand que l'abîme
De son adversité.... les rois étaient jaloux :
Au front du nouveau Christ ils enfonçaient des clous :
Ils ignoraient que lui, jusque dans sa défaite,
A la hauteur du ciel avait toujours sa tête,
Et qu'il pouvait donner, arbitre souverain,
Un sublime évangile à graver sur l'airain...
Avant qu'il révélât son génie au vieux monde,
Au sein des nations la plaie était profonde ;
Les peuples et les rois se prenaient corps à corps ;
Les rois étaient puissants, les peuples étaient forts ;

La liberté pleurait ses plus fervents apôtres....
Il fallait un sauveur pour les uns et les autres...
Or, Jésus, dans son âme, avait pitié de tous, —
— Plongé dans sa douleur, il priait à genoux ;
Puis au maître d'en haut il disait :
« O mon père !
« Songez-vous à mon œuvre, et faut-il que j'espère?
« J'avais donné mon sang, pour voir l'humanité
« Se consteller des feux de ma divinité,
« Et montant du Calvaire à côté de vous-même,
« De mon éternité j'ai ceint le diadême....
« La terre est mon berceau ; — prolétaire indigent,
« Tenté par le démon, j'ai méprisé l'argent,
« Et les vaines grandeurs que l'homme déifie :
« On m'enchaîne, on m'outrage, et l'on me crucifie.
« J'étais un imposteur d'après les Pharisiens,
« Digne de mort, selon Caïphe et tous les siens :
« Oui, tous les siens... C'étaient les Scribes et les Prêtres,
« Trafiquants éhontés du culte des ancêtres ;
« Avec des boisseaux d'or, j'eusse été le sauveur,
« On aurait ameuté le peuple en ma faveur,
« Expédié Judas et Caïphe au supplice :
« Le Messie était pauvre, il vida le calice.

« Et depuis... regardez. — Les grands et les petits
« Se haïssent partout et forment deux partis,
« Comme si la nature avait, dans son domaine,
« Pour des jeux de hasard, semé la race humaine;
« Comme si, dans leurs yeux levés au firmament,
« Les hommes n'avaient pas le même sentiment
« D'une vie immortelle, et comme si leur âme
« N'était pas un rayon de la céleste flamme.
« Seigneur, je suis à vous; commandez et je vais
« Rémunérer les bons, convertir les mauvais,
« Et Dieu fait homme encore, homme, par la souffrance,
« Au cœur des nations raviver l'espérance.
« M'offrant en sacrifice au terrestre séjour,
« J'y répands vos trésors de lumière et d'amour.... »
Dieu répond à son fils :
« Cieux et terre, silence!...
« Un homme doit paraître; il brandira ma lance;
« Ce n'est point un fléau, n'en sois point alarmé;
« C'est la force et le droit, c'est mon génie armé.
« Du sceptre de roseau Caïphe a rendu compte;
« Infâme parodie! il en porte la honte,

« Et la plaie à tes flancs c'est l'ulcère éternel
« Qui passe aux flancs maudits du juge criminel;

« La couronne d'épine et la robe écarlate
« Sont des langues de feu qui dénoncent Pilate ;
« Malgré son eau lustrale et ses faux dieux romains,
« Une tache de sang est restée à ses mains. »

Ainsi, Dieu, qui, jamais, ne dément sa parole,
Ne veut point que son fils une autre fois s'immole :
Suprême Créateur, immuable, absolu,
Il jette un cri de guerre et proclame un élu.
Et, cet élu n'est point le conquérant sauvage
Qui laisse une vapeur de sang, et l'esclavage ;
A l'aube de sa gloire, à son dernier essor,
Il n'avait point la hache et le marteau de Thor...
Non, son ambition n'était pas la marâtre
De ce peuple français dont il fut idolâtre ;
Son coursier de bataille, aux rapides élans,
N'a jamais écrasé des esclaves tremblants :
Non, cet élu n'a point, pour un trône éphémère,
Des enfants de Brennus prostitué la mère.
La paix ! — il la donnait et ne l'achetait pas :
Immense Briarée, il étendait ses bras
Partout où l'Angleterre, avec ses roux ilotes,
Avec sa tyrannie, expédiait ses flottes ;

Partout où ses Nelson jetaient l'ancre en criant :
« A nous les mers du globe! au Nord! à l'Orient!
« De Malte à Gibraltar, de la Chine à la Perse,
« A nous ton sceptre d'or, royauté du commerce! »
Alors, de son génie, il fouilla l'arsenal,
Et l'on t'en vit sortir, *blocus continental!*

Trop souvent on a dit, on le répète encore :
— Napoléon n'était qu'un brillant météore;
Avec lui tout est mort; le sort a prononcé,
L'empire évanoui, comme une ombre a passé.
Avec lui tout est mort; sa famille proscrite
Heureuse de trouver un pays qui l'abrite,
Ne se montrerait pas sans crime au bord natal;
Elle a de nos malheurs subi l'arrêt fatal.
Eh bien! c'est une insulte adressée à vous-même,
Un mensonge de cour, un stupide anathème...
— Empereur! pardonnez si j'ose en appeler
A Votre Majesté; c'est à vous de parler :
Pour un moment, quittez la couche mortuaire,
Dieu du peuple, sortez de votre sanctuaire;
Levez-vous au milieu de la grande cité,
Dites aux Pharisiens : Je suis ressuscité,

Et le peuple, en donnant la vie au saint fantôme,
Le ramène en triomphe à la place Vendôme;
La colonne a senti ses quatre aigles d'airain
Tressaillir, et des voix les appellent au Rhin.
— Et moi, poète obscur de cette Babylone,
J'ai vu de beaux aiglons groupés sur la colonne :
Napoléon, semblable au Jupiter Stator,
Les a pris dans sa main, pour aider leur essor ;
Il a fait scintiller toutes ses auréoles :
Et mes vers sibyllins ont gravé ses paroles;
Écoutez!

Empereur, Général ou Consul
Il épouvante encor quelque nouveau Saül;
Rois à la fleur des ans et rois à tête chauve
Ont trouvé l'insomnie au fond de leur alcôve ;
Mais écoutez!

« — Le peuple est fidèle à mon sang;
« Il a bonne mémoire, il est reconnaissant :
« Sous le ciel d'Angleterre, ou le ciel d'Amérique,
« Ma famille est la tienne, ô ma Gaule homérique !
« L'amour qu'elle a pour toi l'embrase et la soutient ;
« Sa fibre est dans ta fibre, et son nom t'appartient !

« Ce nom, comme un soleil, prodigue la lumière
« Au riche en son palais, au pauvre en sa chaumière;
« C'est l'anneau d'alliance et d'amour fraternel
« Qu'au firmament d'azur a posé l'Éternel :
« Il fut choisi par Dieu, tantôt pour les conquêtes,
« Tantôt pour terminer les civiques tempêtes,
« Tantôt comme un exemple offert au dévoûment,
« Quand il faut se résoudre à mourir lentement,
« Loin des yeux de son fils, loin des yeux de sa mère,
« Sans envoyer au ciel un cri de plainte amère...
« Si, par cinq ans d'exil, je fus assassiné,
« Le chêne impérial n'est point déraciné;
« Que sur l'Europe encore un ouragan se lève,
« On verra si le chêne est épuisé de sève :
« On verra si ta gloire, au jour de sa moisson,
« N'ira point invoquer l'astre de ma maison;
« Si quelque rejeton de ma race bannie
« N'est pas un diamant taillé dans mon génie,
« Et si mes lionceaux, à l'appel du tocsin,
« N'auront pas tout mon cœur palpitant dans leur se in
« Et quels sont les forfaits de ma famille? — a-t-elle
« Mis un peuple viril, un grand peuple en tutèle?
« Jamais aux rois ligués fit-elle des signaux?
« A-t-elle aux ennemis livré tes arsenaux!

« Encloué tes canons, rasé tes places fortes,
« Aux flots armés du monde a-t-elle ouvert tes portes?
« S'il en était ainsi, je bénirais le ciel
« De faire à ma famille un Océan de fiel,
« Je voudrais qu'enchaînée au roc de Sainte-Hélène,
« Elle eût à respirer une homicide haleine :
« Mais tu sais avec moi, tu sais combien de pleurs
« Elle verse au récit d'héroïques malheurs,
« Combien de Waterloo la terrible journée
« Fatale à tous les miens changea leur destinée.

. . . .

. . . .

« Les miens furent proscrits, malheureux comme toi :
« Du trône descendus, sans honte et sans effroi,
« Ils ne méritent pas que leur pays oublie
« Ce qu'ils ont de sacré dans leur mélancolie,
« Lorsque, les yeux mouillés, cherchant ton horizon,
« Ils entendent le vent qui murmure ton nom.
« Ne pas les rappeler de la terre étrangère,
« C'est manque d'énergie et conduite légère ;
« Oh ! c'est ne prendre point souci du lendemain,
« C'est absoudre les rois et leur baiser la main

« Qui signa ces traités où la sainte alliance
« A scellé ma ruine avec ta déchéance. —
« Un seul, fils adoptif de ton César, un seul,
« Pour t'embrasser, voulut déchirer ton linceul ;
« Je n'ai point renié le jeune homme intrépide,
« Et Boulogne est la sœur de la vieille Tauride :
« Le spectre de Thoas, effroi des matelots,
« La nuit, près du rivage, a marché sur les flots;
« Il a crié trois fois aux vagues maritimes :
—« A vous le sang du meurtre et la chair des victimes. »
« L'Océan qui m'aimait et berça mon sommeil,
« N'avait rien écouté, ni rien vu de pareil ;
« Comme un roi qui défend l'honneur de son royaume,
« L'Océan repoussa le sinistre fantôme;
« Si quelque autre Thoas s'approche de ses bords,
« Il ira, disait-il, haranguer chez les morts.
« Gloire, gloire à jamais au monarque des ondes!
« Qu'il soit l'hôte fêté de nos rives fécondes!
« Son char n'est point suivi de valets arrogants,
« Qui pâlissent de peur au bruit des ouragans,
« Et qui viennent, après, chercher dans un naufrage
» Un texte fabuleux de risée et d'outrage.

« Et moi je vous prédis, ô vainqueurs sans combat,
« Qu'on verra de nouveau tout un peuple soldat
« Fier de mes souvenirs qui font son opulence,
« De vos airs de triomphe écraser l'insolence,
« Et ce peuple en courroux, ce grand toréador,
« Dans ses bras musculeux étouffer le veau d'or.

« Mon aigle remontée aux voûtes éternelles,
« A déjà ranimé le feu de ses prunelles,
« Elle vient d'épier, d'un œil audacieux,
« L'heure de rallumer ses foudres dans les cieux. »

BONAPARTE ET NAPOLÉON [1].

Aux Courtisans de tous les Régimes.

1847.

Quand Bonaparte a pris son rang parmi les astres,
Quand toute langue humaine a dit : « Napoléon !
    Comme aux jours de nos grands désastres,
Aux jours où l'on voyait plus d'un caméléon
Des festins du vainqueur effronté parasite,
    Trahir Achille pour Thersite,

(1) On se rappelle que dernièrement, le rapporteur de plusieurs pétitions adressées à la Chambre des députés, sur diverses questions napoléoniennes, se permit de traiter de *misérables* d'aussi hautes questions, et qu'il affecta même, dans le débit de son lourd rapport, de dire toujours *Bonaparte* au lieu de l'empereur Napoléon, ce qui souleva, sur les bancs où

Les nains, les nains encore insultent le géant :
Contre tant de grandeur et tant de renommée,
Naguère, avec audace, un insolent pygmée
Se dressait, orgueilleux de son propre néant;
Posthume réacteur d'une époque néfaste,
Il osait du géant parler avec dédain,
Il osait le toiser; renégat de sa caste,
Le pygmée avait pris des airs de paladin :
Croyant le rabaisser, il disait : « Bonaparte! »
Eh bien! sous quelque nom qu'il paraisse à vos yeux,
Citez les noms de Rome, et d'Athène, et de Sparte :
Jamais rien de plus grand n'a brillé sous les cieux.

Vous ne l'ignorez pas; mais c'est votre habitude,
Quand tout nouveau soleil se montre à l'horizon,
    Vous mendiez la servitude,
Qu'elle soit roturière ou de noble maison.

siégent avec honneur des hommes de conscience et de cœur, des murmures qui, chez l'auteur de la pièce de vers qu'on va lire, se traduisirent aussitôt en élans d'indignation. — De là la pensée du chant que le poète dédie, avec une amère ironie, *aux courtisans de tous les régimes*.

L'Empereur, qu'on l'appelle *Bonaparte* ou Napoléon, est et sera toujours, aux yeux du monde intellectuel et guerrier, le plus grand génie et le plus illustre capitaine des temps modernes, en dépit *des rapports et des rapporteurs*.

De vos maîtres anciens vous comptez les blessures,
Pour voir si vous pouvez découvrir sur leur corps
Une place pour vos morsures,
Un endroit palpitant... Puis enfin, sont-ils morts?
Vous profanez les sépultures.

C'est dans vos goûts; il faut que vous soyez valets,
Peu vous importe sous quel maître :
Un homme se fait jour à travers les boulets;
Arbitre de la France, il est digne de l'être :
Est-il victorieux, monté sur le pavois,
Vous mêlez vos accents à des millions de voix,
Pour le salut du grand empire.
Mais voici des moments de suprême danger :
Judas ressuscite et conspire,
Il s'apprête à livrer Paris à l'étranger.
Des généraux français, déjà, mèche allumée
Marchent contre la France, ils laissent, en chemin,
Et leur sang et leur renommée.
L'Empereur a pointé le canon de sa main;
Moreau tombe, le fer levé sur la patrie
Dont il provoque le destin.
Regardez et passez; puisse l'artillerie
D'exploits encor vengeurs grossir un bulletin!

C'est justice; et partout on est plus qu'homicide,
Si l'on porte la guerre au lieu de son berceau :
La gloire n'a jamais absous le parricide,
Qu'il survive à son crime ou descende au tombeau.

La trahison, troublée, en soupirant s'arrête,
Surprise de se voir arracher une tête,
Et dans tous ses calculs se demande comment
On doit précipiter la guerre au dénoûment,
De quels serpents on doit enlacer le colosse,
Sur quel rocher désert lui creuser une fosse.
Courtisans ou valets sont frappés de stupeur;
Souples roseaux courbés, sous le vent de la peur,
Ils se redresseront, mais après la tempête :
Le coupable sera l'homme de la défaite.
Courtisans ou valets ont des masques divers,
Masques pour les succès, masques pour les revers;
Ils ont étudié, dès leur âge impubère,
L'art de ramper aux pieds des idoles du jour;
Ils auraient fatigué Tibère,
A force d'adorer Tibère, et, dans sa cour,
Nié la conscience humaine;
Ils auraient encensé, couronné, tour à tour
Le crime tout-puissant et la vertu romaine.

Le poète fidèle au culte des héros,
Le poète inspiré n'est qu'un soldat qui veille,
Qui sans cesse prête l'oreille
Au bruit qui peut troubler la cendre de leurs os;
Sentinelle de leur mémoire,
Il défend aux hiboux, aux corbeaux, aux vautours,
D'aller s'abattre sur la gloire,
Et les force à rester aux creux des vieilles tours.

Je lancerai ma flèche ardente
Sur la tête des réacteurs;
J'ai mon enfer comme le Dante,
Pour y plonger les proscripteurs.
Tous ceux qui trahirent la France,
Passant, par mes verges de fer,
Liront ces mots: — Plus d'espérance, —
Sur la porte de mon enfer. »

Les hommes comptent deux génies,
Celui du bien, celui du mal :
L'un, redoutable aux tyrannies,
Leur assigne un terme fatal;

L'autre prolonge la puissance
Dans la maison des oppresseurs,
Préside aux jours de leur naissance,
Et leur donne des successeurs.

Celui-ci joue avec le crime,
Il est sophiste captieux;
Celui-là jette un cri sublime
Qui de la terre monte aux cieux;
D'une colère vengeresse
Il fait entendre les clameurs,
Soit que par le viol consommé sur Lucrèce,
Il montre tout un peuple outragé dans ses mœurs,
Soit que dans la vapeur du sang de Virginie,
Comme au temps où Brutus châtiait les Tarquins,
Il étouffe la tyrannie
Des magistrats républicains.

Il ranime les fiers courages,
Au milieu d'un pays qui sommeille abattu,
Il place, au-dessus des orages,
Le feu sacré de la vertu.
Ce génie immortel choisit les grandes âmes

Pour ramener la vie au cœur des nations :
Alors de tous les yeux on voit sortir des flammes,
On retrouve le feu des nobles passions ;
L'enthousiasme alors enfante l'héroïsme :
L'amour de la patrie, au souffle ardent et pur,
N'est point asphyxié par un brutal cynisme :
Ce génie immortel a son palais d'azur,
Loin du globe terrestre, au séjour des étoiles ;
Pour savoir nos destins il écarte les voiles
    Dont l'avenir est revêtu ;
Il ne quitte jamais la céleste demeure,
    Sans connaître le jour et l'heure
    Des triomphes de la vertu.

Toujours de son flambeau la lumière est féconde ;
Il conduit les élus de la divinité,
    Pour changer la face du monde,
    Pour rajeunir l'humanité.

  De Bonaparte il fiance la gloire
    Au peuple libre et souverain ;
De la cime des monts illustrés par l'histoire
Il descend avec lui, le flambeau d'une main,

Et de l'autre le glaive, aplanir le chemin
Qui mène droit à la victoire.

L'Italie aussitôt reconnait à la voix,
Aux gestes, aux regards de ce pâle jeune homme,
L'héritier des héros qui, dans l'antique Rome,
Pour courtisans avaient des rois.

L'Italie a pleuré de tendresse et de joie:
Elle dit : — « Cet enfant m'était déjà connu;
« Aux lueurs d'un éclair souvent il est venu
« Dans les songes que Dieu m'envoie.

« Jadis je pénétrai l'avenir incertain,
« Au milieu d'une épaisse brume;
« Des Titus, des Trajan, j'augurai le destin,
« Sans avoir consulté la prêtresse de Cume;
« Puis après j'entendis leurs coursiers blancs d'écume,
« Hennir victorieux sur le mont Aventin :
« Car ils avaient porté jusques au Capitole
« Ces nouveaux demi-dieux proclamés empereurs,

« Quand Rome, du vieux monde auguste métropole,
« De Néron parricide oubliait les fureurs.

« Créé pour étonner la terre,
« Bonaparte a grandi pensif et soucieux,
« Comme l'aiglon, qui dans son aire,
« Sous le fauve duvet des ailes de sa mère,
« Ne cesse de rêver les cieux.

« Des Titus, des Trajan, il brandira l'épée ;
« Comme eux il sera fort, généreux et clément,
« De la force et du droit il sera le ciment
« Mieux que César et que Pompée.

« Ombres de mes héros, voici l'homme attendu
« Depuis la mort de Charlemagne ;
« Levez-vous ! du Germain le monarque éperdu
« Craint pour son trône d'Allemagne.

« Loups et moutons étaient dans le même bercail ;
« Quand les moutons sont gras il faut bien qu'on les mange.

« Des loups c'est l'unique travail :
« Voici le Corse qui me venge.
« Chers et pauvres agneaux, vous aurez des pasteurs;
« Vous ne souffrirez pas sous des maîtres avares.
« La race des triomphateurs,
« Aux races des peuples barbares,
« Doit-elle abandonner mon climat enchanté,
« Les fruits de mon génie et ceux de ma beauté?
« Doit-elle abandonner mes trésors les plus rares,
« Soleil inspirateur, poétiques amours?
« Non, je ne verrai point des bandes de vautours
« Souiller impunément l'antique nid des aigles;
« Je ne couperai point les épis de mes seigles,
« Pour en faire litière aux chevaux du Germain.
« Mais j'aurai des accents dignes du genre humain;
« Par le nouveau César ma voix électrisée
« Réveillera, la nuit, l'écho du Colysée;
« Le regard flamboyant, j'irai, sur mes tombeaux,
« Secouer et mon deuil et ma pourpre en lambeaux;
« Explorant de la mort les demeures fatales,
« J'irai lui demander les ombres des Vestales,
« Fantômes qui suivront mes pas silencieux
« Enveloppés encor de la pudeur des cieux. »

J'interromps aujourd'hui mon hymne prophétique (1),
Pour m'approcher des bords du volcan politique...
Gloire, Honneur, Liberté, j'accours vous invoquer;
Une loi vous outrage, il faut la révoquer;
C'est une loi d'exil: une race proscrite
L'avait, à son retour, insolemment écrite,
Écrite avec le fer de l'ennemi vainqueur,
Écrite quand la France était blessée au cœur.

(1) On discutait à la Chambre des députés la pétition de Jérôme Bonaparte, l'ex-roi de Westphalie, qui demandait l'abrogation de la loi d'exil.

INTRODUCTION DES BATAILLES.

Bonaparte à l'Armée d'Italie.

1796.

L'histoire se prononce en juge souverain,
Elle éternise un nom; mais le marbre et l'airain,
D'un magique idéal magiques interprètes,
Parlent mieux à l'esprit par la voix des poètes.
Les héros, d'âge en âge, applaudis, admirés,
Ne cessent de trouver des hommes inspirés,
Des chantres amoureux de gloire et de prestiges
Dont rien ne saurait plus effacer les vestiges :
Des joyaux de la gloire un poème est l'écrin.
Avant de rencontrer l'équité du burin,

Les hauts faits, autrefois chantés par le rapsode,
Brillaient dans l'épopée ou s'étoilaient dans l'ode.
L'arbre de poésie est fertile en rameaux :
On en cueille les fruits partout; et les hameaux
Et les cités n'ont point un sublime génie
Qui ne soit, par la muse enivré, d'harmonie.
Pour suivre d'un héros les rapides élans,
Comme l'ardent coursier dont il presse les flancs,
Il faut partir... il faut que la muse guerrière
Laisse, de son passage, un sillon de lumière,
Qu'après avoir surpris une étincelle aux cieux,
Elle tente un essor immense, audacieux,
Le même que celui de cette aigle divine,
Dont le céleste orgueil dédaignait la rapine,
Et qui dans un combat, noble vainqueur ailé,
Foudroyait les Titans, sous l'Olympe ébranlé.
Mais es-tu de mon âme et l'hôte et la puissance
Un seul de tes rayons, au jour de ma naissance,
A-t-il au moins paru? Vint-il y présider,
Esprit mystérieux que j'ose regarder
Comme l'unique espoir de mes veilles ardues?
Sur mon front tes lueurs sont-elles descendues?
Je l'ignore; et pourtant voici des monts Alpins
Les dômes couronnés de chênes et de pins,

Les glaciers éternels découpés en arcades,
La neige éblouissante et les blanches cascades,
Qui dès l'aube, au soleil empruntant ses rubis,
Courent désaltérer la chèvre et la brebis.
Puis voici les torrents dont la fureur s'excite
Pareille à la fureur du fabuleux Cocyte,
Alors que bouillonnant sous terre, avec transport,
Ce fleuve des enfers épouvantait la mort.
A l'aspect de ces monts, qu'habite la tempête,
L'enthousiasme enfin s'empare du poète,
S'en rend maître... un tableau se déroule... Je vois
Défis, duels à mort entre peuples et rois,
Principes résolus au tranchant de l'épée,
Tyrannie insolente, à la tête frappée,
Batailles où la France écrase nos rivaux,
Et fait monter leur sang au poitrail des chevaux.

Pourquoi ne pas chanter? Sur le flot qui l'agite,
Alcyon courageux, le poète a son gîte;
Il ne demande point au favori du sort
Qui fréta ses vaisseaux, de le prendre à son bord;
Il ne s'informe point si la brise marine
Apaisera le feu qui brûle sa poitrine,

S'il aura pour dormir la pierre d'un écueil.
Par l'orage ou le calme on arrive au cercueil.
Parfois l'oiseau qui fait son nid sur le rivage,
Trouve pis que la mort... il trouve l'esclavage.
De quelque vieux nocher devenu le captif,
A des échos lointains il jette un cri plaintif;
Il voudrait voyager avec les hirondelles;
Au risque de périr, rasant les flots comme elles,
Pour imiter la barque errante sur les mers,
Mollement il voudrait se bercer dans les airs.

La servitude rend l'homme pusillanime;
Bientôt il se corrompt, et plus rien ne l'anime;
Il n'est bon qu'à ramper sous des maîtres hautains:
Soyons libres, et Dieu changera nos destins.
Laboureurs aguerris de la pensée humaine
Nous avons notre lot chacun dans ce domaine.
Vouons avec amour un culte au dévoûment;
Que la muse héroïque élève un monument
A ceux qui nous ont fait un océan de gloire,
Et que ce monument en soit le promontoire
Entre les temps passés et les temps à venir...
Poètes, pour cette œuvre, il faut se réunir:

D'autres viendront après... la France, notre mère,
N'est-elle pas féconde? — elle aura son Homère :
De ses enfantements le bonheur est connu.
Force, beauté, génie, elle a tout obtenu
De la faveur du ciel qui l'aime et la seconde,
Dans ces enfantements, pour étonner le monde.
La France ne doit rien à l'aveugle hasard;
Elle voulait un fils aussi grand que César,
Un fils qui propageât, par des coups de tonnerre,
Les principes nouveaux qui régiront la terre :
— Elle eut Napoléon. — Salut, esprit divin !
Je n'ai point invoqué ton assistance en vain;
Tu ne refuses point tes ailes vigoureuses
A l'inspiration des âmes généreuses.
Esprit divin ! je suis esclave de ma foi;
Pour cela seul tu m'as élevé jusqu'à toi.
Je te suivrai... fidèle à d'éternels principes,
Aux révolutions souvent tu participes;
Tu formes des soldats, et choisis dans leurs rangs
Le génie incarné de tous les conquérants;
Non le génie affreux des conquérants barbares,
Mais celui qu'inspiraient les vertus les plus rares;
Celui des conquérants magnanimes tuteurs
Qui des peuples vaincus étaient les bienfaiteurs,

Et dont l'ambition sublime, enthousiaste
Aimait la race humaine, abolissait la caste,
Guidait les nations, et, l'épée à la main,
De la force et du droit leur frayait le chemin.
Les générations que ta flamme dirige,
Fleurissent, et jamais n'éprouvent un vertige;
Mais si le feu sacré se condamne au repos,
Les peuples ne sont plus que de lâches troupeaux;
Des lois et des pouvoirs la source est corrompue :
La caste reparaît; insolente et repue
Elle dit : « Nous avons d'énormes appétits,
« Et les grands ont toujours dévoré les petits. »
— Courage, esprit divin! marche, marche sans cesse,
Donne le dernier mot de l'humaine sagesse,
Afin que s'unissant, par des liens étroits,
Les peuples fraternels définissent leurs droits...
En vain les oppresseurs organisent des ligues...
Que faut-il pour réduire au néant leurs intrigues,
Pour tuer leur esprit pervers et ténébreux?...
— Un seul de tes éclairs qui se lève contre eux.
Eh bien! l'éclair s'allume... il traverse l'espace :
Sur le front d'un pontife il étincèle, et passe
De l'horizon de Rome à celui de Milan;
A l'Italie entière il imprime un élan;

Et pour charmer les flots du Tibre et de l'Adige,
Le météore aux cieux décrit plus d'un prodige.

Contre la tyrannie un peuple n'est pas seul :
On dit que Rome ancienne a quitté son linceul,
Que naguère, au milieu d'un orage nocturne,
Elle avait évoqué le proscrit de Minturne,
Qu'il était sur la place où rois délibérants,
Les fils du Latium parlaient en conquérants;
Ses vêtements étaient d'une laine grossière :
Il avait les pieds nus et souillés de poussière;
Mais ses regards étaient des glaives... son aspect
Imprimait la terreur, commandait le respect.
Il se croisa les bras sans écouter l'orage;
Calme et fort il semblait consulter son courage;
Puis tout à coup de Rome embrassant les genoux,
Il s'écria trois fois : « Ma mère, où sommes-nous? »
L'ombre de la patrie alors baissa la tête;
Et des torrents de pleurs grossirent la tempête.
Une voix répondit au rival de Sylla :
— « Nous sommes au Forum! » et l'ombre s'envola.
Oui, c'était Marius, avec ses vexillaires :
Peuple, soldats, tribuns, citoyens consulaires,

Qui l'avaient proclamé leur chef et leur soutien,
Admiraient son terrible et stoïque maintien.
Rangés autour de lui, tous juraient de le suivre :
La Sibylle inspirée avait ouvert son livre;
On murmurait les mots de Cimbre, de Teuton;
Et le premier Brutus et le dernier Caton,
Et les frères amis, joyaux de Cornélie,
S'offraient comme soldats pour servir l'Italie...
Oui, c'était Marius... Il lança vers le nord
Une flèche empruntée au carquois de la mort.
Le peuple se rua sur la place publique :
Les faux Césars tremblaient dans leur conseil aulique;
Car le vainqueur du Cimbre, avec ses vétérans,
Juraient de balayer la race des tyrans,
La race qui pullule et qui se perpétue.
Puis enfin de Lucrèce on a vu la statue
S'animer et gravir le mont Capitolin;
Retirant un poignard de sa robe de lin,
Au lieu de replonger le fer dans sa poitrine,
Formidable victime, immortelle héroïne,
De l'aigle qui niait la lumière des cieux,
De l'aigle au double front elle creva les yeux.

Ta voix des nobles cœurs a remué les fibres,
Elle a repris l'accent des peuples fiers et libres,
Italie, et ton front qui se ranime encor,
En dépit du Germain, reflète un rayon d'or;
Un rayon qui résiste à toutes les tempêtes,
Aux outrages du temps, aux sanglantes défaites...
Ce rayon dont le Ciel aime à te caresser,
Et que nul, hormis Dieu, ne saurait effacer,
Te rajeunit sans cesse, et sans cesse t'inspire.
Ta main laissa tomber les rênes de l'empire;
Tes Dieux ont disparu, mais l'immortalité
Qui leur a fait défaut, se voue à ta beauté.
Debout sur les débris des palais et des temples,
Ton génie est resté le même, tu contemples
Le passé, le présent, sans craindre l'avenir;
Non, ta force n'est point un rêve, un souvenir,

. . . .

. . . .

Tu n'as qu'à resserrer le nœud de ta puissance,
A t'imposer des lois dignes d'obéissance,
Si tu veux présenter un État souverain,
Un seul et même État plus ferme que l'airain.

Quel bonheur, aujourd'hui, pour la Muse française,
De voir en traits de feu briller quatre-vingt-seize!
Quatre-vingt-seize! époque où l'ombre des Tarquins
Écoute, avec effroi, les chants républicains;
Époque éblouissante, où le fer des batailles,
Sur l'Autriche a laissé de si rudes entailles!...
Beaulieu veut imiter l'audace d'Annibal;
Beaulieu verra de près le destin d'Asdrubal.
Courage, activité, nocturnes stratagèmes,
Il doit tout employer... la guerre a ses problèmes :
Pour les résoudre, il faut sans cesse calculer,
S'avancer à propos, attendre ou reculer,
Afin de revenir, plus hardi, plus terrible,
Sur l'ennemi qui marche, et se croit invincible.

Vous connaissez la guerre, et ses nobles travaux;
Vous êtes en renom auprès de vos rivaux,
Champion vigoureux des princes d'Allemagne,
Vous combattez celui qui sera Charlemagne,
Général, et bientôt, vous fuirez devant lui;
Son astre en Italie en vain n'aura point lui.
Le malheur courbera votre tête blanchie.
Vous ne pouvez sauver aucune monarchie;

Dieu rendra votre orgueil, Dieu rendra vos talents,
Stériles pour sauver vos maîtres insolents.
Contre la liberté, l'Autriche est la première;
Un autre vieux lion ne voit point la lumière
Qui de la Liberté précède encor les pas;
Sa valeur n'obtiendra pas même un beau trépas.
De ce feld-maréchal, que la défaite irrite,
On admire la fougue et l'éclatant mérite.
Certes, Wurmser est loin d'être un lion caduc...

Alvinzi remplacé par le grand archiduc,
Ainsi qu'un léopard, tout couvert de morsures,
N'aura plus que l'honneur de compter ses blessures.
Dieu sur nos ennemis jette un sombre regard.
Toutefois, écoutez : — Vers le Rhône et le Gard,
Des Alpes, dans son camp, inquiète, alarmée,
De sinistres rumeurs signalent notre armée,
Sans pain, sans vêtements, et réduite au malheur
De ne point maîtriser l'excès de sa douleur...
Schérer est rappelé... le triste Directoire
N'a tiré nul profit d'une belle victoire.

Le mistral porte au loin des bruits d'invasion:
Il souffle et l'épouvante et la division;

Le midi croit déjà que l'ennemi s'avance;
Le comtat d'Avignon, volcan de la Provence,
Pour donner le signal de ses déchirements,
Fait palpiter le sol par de sourds craquements.
D'une royauté morte adorant le prestige,
Le Midi fanatique, est saisi de vertige;
Comme libérateur, il attend l'ennemi;
Dans ses opinions farouche et raffermi,
Des complots il commerce à dévider la trame;
Il parle, et nautonniers d'abandonner la rame,
Robustes paysans de quitter les sillons;
Mendiants des cités, hideux sous les haillons,
D'aiguiser le poignard, et dans les insomnies,
Brûlant de préparer d'horribles agonies.

Naguère cependant, vainqueurs à Loano,
Nos soldats espéraient voir les bords de l'Arno;
Du tombeau de Brutus aller chercher la pierre,
D'un peuple évanoui soulever la paupière,
Et parler aux Romains sans leur dicter des lois;
Car les fils de Brennus ne sont plus des Gaulois;
Car la France portant, aux quatre points du globe,
Le flambeau de l'esprit, et secouant sa robe,

Laisse paraître, aux yeux des peuples consolés,
Les fruits de liberté, par la gloire étoilés,
La moisson du travail et de l'intelligence,
Et le droit qui bannit la haine et la vengeance :

Tout a changé de face, et nos soldats enfin,
Sur des rocs dépouillés, luttent contre la faim.
Jeunes et vétérans paraissent des fantômes :
Ces géants dont les pas ébranlaient des royaumes,
D'un souffle de victoire attendent le retour;
— « Vain rêve, disent-ils, l'orfraie et le vautour
Ne sont plus effrayés du pas des sentinelles;
Ils plongent dans la nuit le feu de leurs prunelles;
Pour quelque cimetière ont-ils pris notre camp?
La France aux yeux des rois n'est donc plus un volcan?»

Ecrit en 1817.

ARRIVÉE DE BONAPARTE.

Peuples, qui ne rêvez que votre délivrance,
Écoutez retentir le clairon de la France ;
Ne vous effrayez point d'en entendre les sons :
Bergers des Apennins, suspendez vos chansons.
Agrestes habitants des plaines italiques,
Qui modulez vos airs gais ou mélancoliques ;
Pâtres et laboureurs, artisans des faubourgs,
Criez : Vive la France, au bruit de nos tambours ;
Que vos enfants émus forment de joyeux groupes ;
Chantez *la Marseillaise* en chœur, avec nos troupes,

Fêtez leur général, ce chef de vingt-six ans,
Qui n'a point oublié ses jeux adolescents;
Il est vrai que les jeux qui lui plaisaient naguère,
Étaient fiers et bruyants, ils figuraient la guerre :
Dans la cour d'un collége, intrépide écolier,
Simple avec ses égaux, sans être familier,
Il guidait au combat ses jeunes camarades;
Tantôt il déjouait d'habiles embuscades;
Sur des monceaux de neige, ouvrages simulés,
Tantôt il attaquait des remparts crénelés...
Ne vous étonnez pas si l'aiglon de Brienne
S'envole et va planer sur Mantoue et sur Vienne.

Écrit en 1847.

ÉLECTION DU 10 DÉCEMBRE 1848.

Au Martyr de Sainte-Hélène.

Poète obscur, j'osai pour ta famille errante,
Évoquer ta grande ombre, en dix-huit cent quarante;
Aux champs de l'avenir je creusai mon sillon :
Laboureur de l'idée, armé de l'aiguillon,
Sur la route du temps, j'ai poussé mes années;
Car j'y voyais germer des moissons fortunées.
L'aiguillon du poète est cet esprit divin
Qui, sans cesse agité, ne parle pas en vain,
Ce prophétique esprit dont le verbe est sévère,
Avec le fils de l'homme il gravit le Calvaire;

Puis enfin revêtu d'azur, de pourpre et d'or,
Il descend, il chemine, il arrive au Thabor,
Et court aux nations apprendre l'Évangile.
Les pouvoirs inhumains sont des vases d'argile;
On les brise aussitôt que, dans son équité,
Dieu les trouve remplis du fiel d'iniquité.

Ton âme est dans le peuple; arbitre magnanime,
Ce lion soucieux, par un vote unanime,
A salué ton ombre, au grand jour du scrutin :
Ton immortalité subjugue le destin.
C'en est fait; — de ton nom la gloire est fatidique;
Près du feu de Vesta c'est la vierge pudique :
Quand le peuple t'invoque, au milieu des éclairs,
Elle écarte la foudre, et, parcourant les airs,
Elle plane au-dessus des hameaux et des villes;
Et c'est pour apaiser les discordes civiles.
Telle est de son pouvoir la suprême vertu.
A l'esprit qui s'égare, elle crie : — « Où vas-tu?
— « Veux-tu recommencer les guerres intestines?
« Veux-tu faire aiguiser l'acier des guillotines,
« Veux-tu creuser un gouffre aux générations?
« L'étoile qui me guide impose aux factions.

« Si l'on peut arrêter les torrents dans leur course,
« Les torrents peuvent-ils remonter à leur source? »
— Ainsi ta gloire a pris un ascendant moral
Qui domine la foule, et qui n'a point d'égal.

—Naguère, dans la nuit du neuf au dix décembre,
Vers le Rhône indompté, vers la Meuse et la Sambre,
Du côté de la Loire, et du côté du Rhin,
Tu passas le mot d'ordre au peuple souverain.
Les astres de ton nom couronnaient les syllabes;
Tu montais un cheval du pays des Arabes;
Un cheval immortel qui porta dans les cieux,
Les grands Césars auprès de leurs divins aïeux.
On voyait des héros de taille colossale:
C'étaient Kléber, Junot, Desaix, Rampon, Lasalle,
Ney de la Moscowa, ce géant immolé
Sur les débris sanglants de l'empire écroulé;
Murat, qui semble encor pour les rois de l'Europe
Un Titan foudroyé, non loin de Parthénope;
Murat, qui s'est conduit en monarque des camps;
Il voulut embrasser la terre des volcans,
Comme Alcide mourant qui, dans sa renommée,
Se coucha sur la peau du lion de Némée.

C'était Montebello qui tomba, comme un roc,
Sur le champ de bataille; et ton ami Duroc,
Heureux d'avoir conquis le trépas de Turenne,
Quand la France parlait au monde en souveraine.

Ils te suivaient partout ; — modernes demi-dieux,
Du bonheur de leur gloire ils étaient radieux :
Dans les plaines du ciel défilaient tes armées :
Le souffle du Très-Haut les avait ranimées.

Des clairons d'Austerlitz entendez-vous les sons
Se mêlant aux refrains d'héroïques chansons,
Hymnes que la patrie, en dépit des outrages,
Fit monter jusqu'à toi sur l'aile des orages?
Le ciel d'enthousiasme encore incandescent
D'un vieillard homérique a reconnu l'accent...
Pourquoi ne pas nommer le vieillard qui nous charme?
Si le peuple accablé versa plus d'une larme,
S'il a de Sainte-Hélène attendri les échos,
Béranger n'est-il pas le chantre des héros?...

Jamais il ne s'est vu rien de plus grandiose :
De nos morts immortels c'est bien l'apothéose,
Apothéose immense où la divinité
Préside pour la gloire et pour l'humanité :

Spectacle merveilleux d'une fête inouïe!....
La muse audacieuse en revient éblouie;
Comme l'aigle qui vole, après un long sommeil,
Dépasse l'horizon, plane et boit le soleil,
Puis descend vers son aire, en dardant sa prunelle
Brûlante des rayons de la flamme éternelle.
Il faut que la pensée, unie au sentiment,
Fasse de la parole un magique instrument;
C'est ainsi qu'on retrouve un filon d'épopée...
Éprise des héros, la Muse aime l'épée,
Soit que l'épée aux mains d'un Corse résolu,
Imprimant, devant elle, un respect absolu,
Donne de la puissance au plus grand des génies;
Soit que, tranchant le nœud des vieilles tyrannies,
Elle brise les fers qu'un barbare oppresseur,
Depuis douze cents ans, rive au cou d'une sœur,
Immortelle beauté qu'un pied brutal écrase,
Qui pour ses droits encor et se lève et s'embrase
Au nom de ses aïeux, de leur génie altier,
Et de ce feu sacré qui ne meurt pas entier.

L'immortelle beauté, c'est toujours l'Italie.

Muse, remonte au ciel, embrasse Cornélie :

Elle assiste à la fête, avec ses diamants,
Ses fils de Rome libre infortunés amants ;
Ses deux fils qu'adorait tout pauvre démocrate,
Et qu'eût aimé le Christ aussi bien que Socrate.

Quel immense concours de siècles révolus!

Essaim de nations, peuples qui ne sont plus,
Du Nord et du Midi, fortes et nobles races
Dont la terre n'a pas même gardé les traces,
Paraissent revêtir leurs formes, un moment :
Oui, les morts sont montés en foule au firmament ;
Dieu regarde leur nombre, et Dieu les ressuscite :
De ce nombre, il excepte et Judas et Thersite.
Les grands hommes par eux sont vendus, enviés ;
C'est pourquoi ces deux morts ne sont pas conviés ;
Ils pourraient sur la gloire épancher de la bave,
Du céleste séjour altérer l'air suave ;
Ils pourraient trafiquer de tous les sentiments,
Jouer l'enthousiasme, acheter les serments,
Tramer les trahisons, ourdir les perfidies ;
Ils pourraient allumer de vastes incendies,
Et changer en opprobre un triomphe si beau.....

Hudson Lowe n'est point sorti de son tombeau.
Son âme est dans la nuit des âmes infernales;
Elle n'entendra point les heures matinales....
Tu ne compteras plus tes ans, tes mois, tes jours;
Ils ont fui de la terre, ainsi que des vautours;
Oui, Lowe, et maintenant c'est l'éternité morne,
Avec un châtiment qui n'aura pas de borne;
Errante et méprisée, au milieu des géants
Qui tombèrent jadis en des gouffres béants,
Ton âme a blasphémé contre Dieu qui la plonge
Plus avant dans la nuit dont l'horreur se prolonge,
Quand cette âme damnée, à force de souffrir,
Avide de néant, ose espérer mourir.
O mon esprit! pourquoi regarder cet abîme?
N'es-tu pas effrayé des tortures du crime?
Non, rien ne doit souiller la fête des héros;
Les victimes sont loin des yeux de leurs bourreaux.
Les bourreaux sont couchés dans le lit de Procuste,
Et leurs bras garottés par un démon robuste.....

Le cheval immortel est déjà de retour :
De la terre de France il a fait tout le tour;
Le voici dans les Cieux, hennissant d'allégresse;
La foule avec transport l'entoure et le caresse.

L'Empereur vous salue Alexandre et César !!
Enlevé par la foule, et porté sur un char,
Il vous dira bientôt son voyage nocturne.
Le vote de la France est déjà près de l'urne;
Vous saurez si, bravant les partis en fureur,
Elle en fera sortir le nom de l'Empereur.....

La puissance divine aux fécondes mamelles,
Allaitera d'amour ses trois filles jumelles,
D'abord la Liberté que le monde en naissant
Trouva dans son berceau, pour céleste présent,
Avec l'Égalité qui rend tout peuple adulte,
Puis la Fraternité qui, dédaignant l'insulte,
Et l'orgueil des méchants sceptiques et moqueurs,
En son expansion, cherche à gagner les cœurs.

De nos destins futurs c'est le moment suprême;
Des mondes infinis le Créateur lui-même,
Avec Napoléon, règle un pacte immortel...
Le char mystérieux se transforme en autel;
Et l'autel parfumé resplendit sous un dôme;
Des fleurs du firmament il s'exhale un arôme,

Qui s'en va de la terre embaumant les confins,
Près des tombes d'enfants qu'il change en séraphins.

Les astres qui vieillis vacillent dans l'espace,
Se raniment pour voir chaque peuple qui passe,
Et le grand Empereur sous le dôme odorant
Où sa première épouse arrive en soupirant;
Jamais le ciel ne vit tendresse plus touchante;
A cet aspect, la muse à la fois pleure et chante;
Sa voix devient plaintive : et comme sur les flots,
L'oiseau, dans la tempête, imite leurs sanglots,
Le poète assailli par mille et mille images,
D'une larme pieuse a mouillé ses hommages,
Hommages adressés au noble souvenir
De cet amour qui vient encor vous réunir,
Époux qui resterez les âmes enlacées
En la sphère éternelle où Dieu les a placées.

Quelle nuit!... Écoutez les tonnerres lointains :
Ils annoncent la France et de nouveaux destins;
Dieu s'en est expliqué... L'immensité sonore
N'est plus qu'un faible écho; mais l'écho parle encore
De puissance, de gloire à tous les vétérans
Qui suivirent les pas de tous les conquérants,

Dès les temps fabuleux de Thésée et d'Hercule.
Mais voici lentement poindre le crépuscule,
La lumière incertaine, avant l'aube, et le bruit
Du vaste firmament s'éloigne avec la nuit.

Cette fête des cieux n'aura point de rivale :
Un silence profond s'y fait par intervalle,
Il succède aux échos des clairons et des voix;
Les princes de la Gaule ont perdu leurs pavois;
Et l'esprit du Très-Haut s'est voilé de mystère;
Calme et fort, il médite un soleil pour la terre,
Un soleil dont la gloire aime à dorer ses jours.
Alors un roulement d'innombrables tambours
Retentit... Il se meurt... La fête se termine;
Le firmament d'azur aussitôt s'illumine;
C'est le dix de décembre; et l'immortel flambeau,
Le soleil d'Austerlitz s'y montre encor plus beau;
Et le peuple, accouru sur la place publique,
Salue avec amour la jeune République.

Avril 1849.

Fin

IMPRIMERIE MAULDE ET RENOU,
7686 rue Bailleul, 9 et 11.

IMPRIMERIE
MAULDE ET RENOU,
rue Bailleul, 9 et 11.

7686

www.ingramcontent.com/pod-product-compliance
Ingram Content Group UK Ltd.
Pitfield, Milton Keynes, MK11 3LW, UK
UKHW020250220726
13923UKWH00002B/881